AF298848

CONFÉRENCE DOMAT.

NOTICE

SUR

ETIENNE PASQUIER

SON ÉPOQUE ET SES OUVRAGES,

PAR

Ed. DELALOGE D'AUSSON,

Licencié en droit.

A M. DELALOGE,

notaire à Paris;

MON ONCLE.

Faible témoignage de ma sincère affection et de la profonde gratitude que m'inspirent les constantes bontés
qu'il a toujours eues pour moi.

NOTICE

SUR ÉTIENNE PASQUIER

SON ÉPOQUE ET SES OUVRAGES ;

PAR Ed. DELALOGE D'AUSSON,

Licencié en droit.

Messieurs,

Vous m'avez chargé de vous faire l'éloge d'Étienne Pasquier, avocat-général du roi en la Cour des Comptes au seizième siècle, et de vous parler de ses ouvrages au point de vue de la science du droit.

Cette tâche que j'ai acceptée avec reconnaissance était bien lourde déja pour mes faibles forces; elle m'a été rendue plus difficile encore par le talent de ceux d'entre vous qui ont pris la plume avant moi. Aussi, la conscience de mon peu d'habileté m'eût-elle fait reculer devant son accomplissement si je n'avais pensé que votre indulgence, qui ne m'a jamais manqué, ne me ferait pas défaut en cette circonstance, et si je ne m'étais dit que plus le respect et l'admiration que m'inspire l'homme dont je suis appelé à vous entretenir étaient vifs, moins il me serait difficile de vous les communiquer. Il est d'ailleurs des sujets si grands par eux-mêmes, que l'avocat ou l'écrivain sous la plume ou à la parole duquel ils se présentent ne peut mieux les faire valoir qu'en s'effaçant pour leur faire place, en s'abstenant d'appréciation pour laisser parler les faits,

Le célèbre jurisconsulte dont je vais vous parler est de ces hommes dont un auteur illustre a dit : Leur nom est à lui seul un éloge. Aussi, Messieurs, ne me proposai-je ici que de vous raconter simplement sa vie, de vous exposer en quelques mots les graves événements politiques auxquels il fut mêlé, de vous rappeler l'importance de ses travaux, le mérite et le caractère de ses ouvrages, laissant à vos esprits et à vos cœurs le soin de juger combien sa vie utile et pure, ses éminentes vertus, les longs et glorieux services qu'il rendit à ses princes et à la France tout entière, lui ont mérité la place qu'il occupe aujourd'hui parmi les hommes dont s'honore le plus l'humanité.

Étienne Pasquier naquit à Paris, le 7 avril 1529. Sa famille, originaire de l'Ile de France, appartenait à la haute bourgeoisie parisienne, dont l'auteur de la notice sur Jehan Desmarets vous a esquissé les travaux au quinzième siècle.

Dès sa première jeunesse, ses parents le destinèrent au barreau. Son éducation fut ferme, sérieuse, solide ; son adolescence patiente et laborieuse ; comme il convenait à un futur membre de cet illustre parlement de Paris, dont les résistances politiques furent, au commencement de l'ère moderne, une gloire toute particulière à la France en même temps qu'une preuve insigne du vice de ses institutions.

Lorsqu'il commença à étudier en droit, il connaissait aussi bien que sa langue maternelle les langues grecque et latine, avantage qui n'était pas rare alors il est vrai parmi les avocats, mais n'en était pas moins précieux pour un légiste appelé dans ces temps où l'existence même de textes précieux découverts de nos jours était encore ignorée, à reconnaître pour s'en écarter les mille fautes de copistes qui, malgré les travaux de tant d'auteurs célèbres, défigurent encore les lois romaines.

Les premiers maîtres de Pasquier, qui considéra toujours comme un grand bonheur pour lui d'avoir pu les entendre, furent dans la science du droit François Hotman et Balduin, deux jurisconsultes célèbres à cette époque, presque complètement inconnus aujourd'hui, et qui commençaient à professer à Paris.

Après avoir suivi pendant un an leurs cours, il alla écouter à Toulouse la parole savante de Cujas qui donnait alors ses premières leçons en France, et dont la science profonde le frappa d'admiration. Malgré la défaveur qui s'attacha d'abord à ce fameux professeur et ceux de son école, il manifesta hautement ses sentiments; *il n'eut,* disait-il, de retour à Paris ; *il n'eut et n'aura par adventure jamais son pareil.*

Elève assidu des plus savants professeurs français, il restait à Pasquier pour avoir fait en droit des études complètes, à étudier les maîtres italiens.

L'Italie, en effet, plus voisine de Constantinople, ayant eu avec les Grecs plus de rapports que le reste de l'Europe, avait donné asile à ces savants illustres, à ces éminents artistes, qui, forcés de fuir leur patrie par les conquêtes et les envahissements des mahométans; conquêtes presque aussi fatales aux progrès de l'esprit humain que la grande invasion : apportaient de nouveau vers l'Occident, mais cette fois pour toujours, les lumières et la civilisation orientales.

C'est à ces nobles proscrits, aux semences fécondes qu'ils répandirent au milieu des peuples qui les avaient accueillis, que l'Italie dut les grands écrivains, les grands poètes, les grands artistes, qui firent d'elle, au moyen-âge la nation civilisée et initiatrice par excellence, le foyer commun où les hommes illustres des autres pays allèrent allumer tour à tour le flambeau de leur génie.

Au commencement de l'ère moderne, la supériorité de cet heureux pays, pour tout ce qui touchait aux travaux de l'intelligence n'était pas encore contestée. Les peuples voisins la sentaient si bien qu'ils semblaient lui payer un tribut en lui envoyant chaque année pour les instruire, les premiers de leurs enfants ; et de même que les Romains du temps d'Auguste, considéraient un voyage en Grèce comme le complément nécessaire d'une bonne éducation ; de même au XIII, XIV, XVe et même XVIe siècles, les jeunes jurisconsultes français croyaient devoir aller se perfectionner en Italie.

De Toulouse, Pasquier alla donc continuer ses études sous Alciat à Pavie, sous Marcianus Socinus à Boulogne. Ce dernier, moins connu aujourd'hui qu'Alciat, et qui, dit-il, *n'avait jamais comme lui perdu le temps en l'étude des lettres humaines, était pour ce, plus en faveur près des Escholiers d'Italie.* Il lui inspira pourtant moins de sympathie, son esprit français lui faisant juger que la connaissance de la littérature, et l'élégance du langage ne messeyaient à rien, et moins peut-être aux études de droit qu'à toutes autres.

Après avoir ajouté la science qu'il avait acquise auprès de ces grands maîtres, à celle qu'il possédait déjà, après avoir pris ses derniers grades avec autant de distinction que d'exactitude, il ne lui restait plus qu'à débuter comme avocat.

C'est ce qu'il fit au mois de novembre 1549.

Au moment de vous parler des débuts de Pasquier dans la carrière que nous nous préparons nous-mêmes à suivre, et des éclatants triomphes qui suivirent ces débuts pénibles d'abord, permettez-moi, messieurs, de vous dire quels étaient alors l'importance et l'éclat du barreau de Paris.

Depuis l'admission définitive du principe de la vénalité des charges dans le droit public de l'Etat, la magistrature se recruta soit dans son propre sein, soit parmi les gens de finance et bourgeois enrichis, auxquels leur fortune faisait désirer de faire partie de la noblesse de robe. A l'époque où Pasquier débuta, il n'en était pas encore ainsi ; c'était parmi les sommités du barreau que se choisissaient chaque année les nouveaux magistrats. Loisel signale avec soin ce point important ; ce fut à ses yeux la principale cause de l'éclat que jeta le parlement de Paris sous les règnes de Henry IV et de Louis XIII. Dans l'ouvrage qu'il publia en 1602, et qu'il intitula du nom de Pasquier, comme si ce grand homme, dont il avait été le condisciple au cours de Cujas, et dont il était resté l'ami, lui semblait le plus parfait et le plus complet modèle des perfections auxquelles un orateur peut atteindre, il signale son époque à l'admiration de la postérité, il rappelle des triomphes auxquels il avait eu part; il dit, en parlant des premières années de son exercice : « *L'état d'avocat était principalement en honneur, comme étant l'échelle par laquelle on montait aux plus grands états et dignetés du royaume.*

Une carrière qui conduisait aux sommités par un chemin aussi noble que celui de l'éloquence, devait en effet, être choisie par toutes les ambitions généreuses, les intelligences d'élite. A aucune époque les grands avocats ne furent plus nombreux en France. Les Molé, les de Thou, les Séguier, les Boucherat, les Marcillac, les Montholon s'étaient déjà couverts de gloire. Leurs noms partout connus, leur talent partout admiré, enlevaient à leur jeunes émules Pasquier et ses condisciples, Pierre Ayraut, Pierre Pithou, Brisson et Bodin, les causes importantes et l'attention du public. Aussi, ne se firent-ils que lentement connaître, et leurs premiers pas furent-ils pénibles. Pasquier surtout éprouva des difficultés inouies à placer son nom à côté de ceux de ses célèbres devanciers. Convaincu de la grandeur des obstacles qu'il avait à surmonter, il éprouva d'abord une certaine défiance de lui-même; il traita ses premières causes par écrit, et n'aborda les débats oraux qu'avec crainte. Peut-être son talent ne se produisit-il pas d'abord? Peut-être sa timidité et sa jeunesse nuisirent-elles à ses premiers débuts? Ils passèrent inaperçus, et ses premières plaidoiries ne nous ont pas été conservées.

Pendant les années qui suivirent, il se fit peu à peu une clientèle ; chaque affaire le fit mieux connaître, partant mieux apprécier ; et quelques ouvrages, que le peu d'importance et le petit nombre des causes qui lui étaient confiées lui avaient permis de publier, notamment son Monophile, en 1554, ayant attiré sur lui l'attention, il vit s'agrandir le cercle de ses affaires.

Déjà, il avait, à propos de la réformation du collége de Dormans, commencé ces grandes discussions sur l'Université auxquelles plus tard il dut en grande partie son illustration. Il avait quelque temps après, grâce à un procès que son talent lui avait fait gagner, obtenu la main d'une femme, qui sans posséder une grande fortune assurait à son mari une modeste indépendance, et dont les vertus devaient être sa consolation et son soutien au milieu des revers qui affligèrent la fin de sa carrière. Il voyait enfin s'élever lentement, mais sûrement l'édifice de sa réputation et de sa fortune, que chaque jour accroissait. Lorsqu'une longue et douloureuse maladie qui mit pendant longtemps ses jours en danger, le força de renoncer pendant deux ans aux luttes du barreau et au travail plus calme, mais non moins fatigant du cabinet.

Lorsque sa santé, toujours chancelante, lui permit enfin de reprendre ses travaux, il attendit inutilement pendant plusieurs mois qu'une seule affaire lui vînt; ses clients l'avaient oublié, les bouches de la renommée étaient devenues muettes à son égard; les procureurs, dit-il, ne me reconnaissaient même plus. Aussi quand il se vit forcé de reconstruire, pour ainsi dire, sa réputation, de reconquérir cette faveur publique qu'il avait eu déjà tant de peine à se concilier une première fois, fut-il un instant découragé. Mais son caractère ferme, la noble opiniâtreté de son esprit lui firent surmonter bien vite cette faiblesse. Il demeura avocat, et employa les loisirs que lui laissait le palais, à son grand ouvrage des *Recherches sur la France*, qu'ont étudié et admiré tous nos historiens, que quelques-uns ont pillé, que nul peut-être n'a surpassé en science et en profondeur ; à son *Pourparler du prince*, livre d'autant plus remarquable par la grandeur et la hardiesse des pensées qu'il y expose, qu'elles émanent d'un homme sincèrement dévoué à son roi, et qui ne se crut jamais autorisé par les fautes ou les malheurs de ses maîtres, à manquer à la fidélité qu'il leur avait jurée.

Ainsi, c'est à l'indifférence de ses contemporains qui faillit les priver de son talent comme avocat, que la postérité a dû ses travaux comme historien.

Forcé de n'examiner que sous une de ses faces la grande figure de Pasquier, de ne vous montrer en lui que le jurisconsulte éminent, l'avocat habile et éloquent, le magistrat intègre et éclairé ; je voudrais au moins que les bornes de ce travail me permissent d'étudier avec vous la vie de ce grand homme pendant ces années où l'oubli de ses concitoyens le laissa dans l'obscurité. Vous le verriez aussi grand, digne et noble, dans cette position intermédiaire entre la richesse et la gêne, que les philosophes de l'antiquité mettaient au-dessus des richesses tout en la fuyant avec soin, que vous le retrouverez modeste et bienveillant envers ses inférieurs, ferme et juste envers tous, lorsque la fortune sera enfin venue couronner son mérite. Mais ce serait abuser peut-être de vos instants, et à coup sûr sortir des bornes de cette simple notice.

Je passe donc de suite à la période la plus brillante de la vie de Pasquier, à cette époque où son talent, mûri par l'attente, ou son éloquence perfectionnée par un long travail, lui permirent d'entreprendre une lutte gigantesque qui remplit une partie de sa vie. La défense de l'Université contre les Jésuites.

Avocat obscur encore, ou plutôt avocat presque complètement oublié, il ne devait pas s'attendre à être chargé d'une affaire qui semblait devoir remuer la France; mais si ceux dont il avait protégé les droits, sauvé les biens, l'avaient oublié, deux des principaux dignitaires de l'Université, dont les noms nous ont été conservés, Beguin et Levasseur, justes appréciateurs de son mérite, se souvinrent de lui, et lui confièrent la défense de l'Université dans une des plus terribles attaques qui aient jamais été dirigées contre elle.

Avant de vous raconter cette longue lutte dont Pasquier eut les honneurs, je crois nécessaire de faire une petite digression pour vous en expliquer et les causes et l'importance.

Permettez-moi donc de vous retracer en quelques mots l'origine de cette célèbre société de Jésus sur laquelle on a écrit à côté de reproches mérités sans doute, tant de calomnies; qui a donné naissance à tant d'apologies mensongères, comme à tant d'accusations erronées.

Elle fut fondée en France par des membres de l'Université de Paris, « Ignace de Loyola et » François de Xavier, professeur de philosophie » au collège de Beauvais. » Elle avait un double but : défendre et propager la foi, instruire la jeunesse. En échange de son engagement de défendre les papes contre les schismes qui à cette époque naissaient de toutes parts en Europe, et s'arrachaient les lambeaux du manteau de Saint Pierre, Paul iii et ses successeurs lui accordèrent de grandes prérogatives, et notamment le droit d'ouvrir des collèges, et plus tard de conférer tous les grades universitaires.

Protégés par les Guises, admirés et soutenus avec amour par les catholiques zélés qui les regardaient comme les plus fermes défenseurs de leur croyance, bien accueillis par les derniers Valois, autorisés à s'établir en France, à la suite du colloque de Poissy, les Jésuites voulurent user dans cette nouvelle patrie, des avantages que les papes leur avaient concédés dans leurs états. Ils y étaient d'autant plus intéressés que Guillaume du Prat, l'un des bienfaiteurs de leur ordre, venait de leur faire un legs considérable, sous la condition d'ouvrir à Paris un collège qui prendrait le nom de la ville de Clermont dont il avait été Evêque.

Ouvrir des cours publics et des colléges, conférer des diplômes, mettre l'Université en demeure de les immatriculer dans son corps « *tales qua-* « *les,* » c'est-à-dire sans examen, ou de les voir exercer ses droits en se passant d'elle ; tel fut le but qu'ils se proposèrent. C'était là créer, pour ainsi dire, une seconde Université dans l'Université, c'était blesser de la manière la plus grave les droits immémoriaux de cet illustre corps, aussi ancien que la monarchie.

Les soldats du Christ, comme ils s'appelaient, le comprirent ; ils devinèrent quelle résistance désespérée leur serait faite : aussi, leurs premiers pas furent prudents ; ils ouvrirent, il est vrai, des cours ; mais ils ne réclamèrent d'abord de leurs élèves aucune rétribution.

Julien de St. Germain, alors grand-maître, autorisa, en ne les réprimant pas, ces premières tentatives; mais bientôt les jésuites enhardis poussèrent si loin leurs prétentions que les quatre facultés réunies crurent devoir non seulement leur refuser de les immatriculer comme ils le demandaient, mais encore leur défendre d'enseigner publiquement.

C'est dans cet état que l'affaire fut soumise au Parlement.

Pour vous l'exposer dans tous ses détails, et

vous en raconter les différentes péripéties, il eût fallu reprendre point par point les plaidoiries de Pasquier et de Versoris son adversaire, et analyser les volumes qui furent des deux parts publiés à cette occasion; un long travail y eût à peine suffi, et c'eût été m'écarter de mon sujet. Il me suffira de vous dire que dans cette lutte, dont la première période seulement dura plusieurs années, Pasquier se montra le digne émule de son célèbre confrère, que son génie domina et éclaira constamment ces longues discussions que la puissance et l'énergie de sa parole rendent encore aujourd'hui curieuses, et surtout instructives à étudier, qu'il retorqua avec une prodigieuse habileté contre ses adversaires leurs propres arguments, comme il censura avec une grande éloquence leur coupable duplicité.

Son plaidoyer, dans lequel il s'attache surtout à prouver par un examen approfondi des règles de l'ordre des Jésuites, que cet ordre ne pouvait être qu'un foyer de corruption, un levain continuel de troubles, obtint un grand succès et un immense retentissement.

Si d'un côté il est déparé par les exagérations et l'aridité scholastique de tous les ouvrages de discussion de cette époque par des citations de mauvais goût, et même, à mon avis du moins, un peu pédantesque, dont il était pourtant plus sobre qu'aucun de ses confrères ; de l'autre la hardiesse qu'il y déploie en agitant les plus hautes questions sociales la largeur de ses vues, la puissance de son argumentation, en font un ouvrage à jamais digne d'admiration.

Il fut répandu partout, traduit en trois langues et assura à son auteur le premier rang parmi les orateurs du 16me siècle.

Les grands talents, les profonds travaux de Pasquier ne purent triompher complètement des hautes protections que s'étaient conciliées ses adversaires ; mais il obtint du moins un arrêt qui protégeait l'université contre toute attaque ultérieure, et diminuait les avantages que les jésuites s'étaient arrogés. Cet arrêt, qui n'était, pour ainsi dire, qu'une transaction, et que Pasquier appelle un coup fourré, fermait les portes de l'université aux jésuites, mais leur reconnaissait le droit d'enseignement.

Ce n'était pas là sans doute un succès complet; mais c'était au moins un succès, et l'université reconnaissante voulut récompenser libéralement son défenseur. Elle lui envoya une bourse pleine d'or. Pasquier, qui pourtant n'était pas riche encore, refusa : « *Je veux*, répondit-il, *que l'université sache que je suis son nourrisson et comme tel, m'estimerai très-honoré de lui faire très-humble service tout le temps de ma vie.* »

Simple et digne exemple de désintéressement; les orateurs romains plaidaient eux aussi pour l'honneur et pour la vérité, mais au moins quand ils agissaient ainsi, ils vivaient dans des palais de marbre entourés d'esclaves et de serviteurs, au milieu d'un luxe dont les temps modernes peuvent à peine se faire une bien faible idée, et quand ils marchaient à la tribune, c'était au milieu d'un cortège de clients qui ne croyaient pas trop payer en leur donnant la gloire, leur protection et leurs talents. Pasquier n'obéissait qu'à la voix de sa conscience; il s'exposait aux haines et aux vengeances des fanatiques sans autre but que le triomphe de la justice.

De si nobles travaux illustrèrent d'abord son nom et finirent par lui donner la fortune.

Ami du président de Thou, dont les relations avec lui furent un échange continuel de preuves d'estime et d'affection, considéré comme un oracle en matière de droit, entouré de l'admiration et de la confiance de tous, plus aimé, plus considéré à mesure qu'il fut plus connu, chargé successivement des affaires les plus délicates et les plus importantes; Pasquier produisit pendant les années qui suivirent ces belles plaidoiries qui font de lui un des hommes supérieurs que le barreau de Paris s'honore d'avoir compté parmi ses membres.

Emporté à travers mon sujet, sentant que l'espace me manque, je ne puis que vous citer pour mémoire les plus remarquables. Ce sont: celle en faveur de la ville d'Angoulême, dans laquelle il se montrait non seulement homme d'un sens droit et ferme et savant jurisconsulte, mais encore citoyen tout dévoué au bien de son pays. Celle en faveur du duc de Guise au sujet de la vicomté de Mortagne, qui lui concilia la bienveillance de la maison de Lorraine, celle en faveur du couvent, de Lagny. Enfin la défense du fils du connétable Anne de Montmorency, tombé dans la disgrâce de Charles IX, affaire où sur un plus petit théâtre il n'a pas montré moins de courage que ne le fit depuis l'illustre défenseur de Louis XVI.

Si vous lisez ces belles plaidoiries qui toutes nous ont été conservées, vous serez comme moi saisi d'étonnement et d'admiration à la vue de ce grand esprit, qui semblait lire au fond des consciences, ne reprochant pas avec moins d'énergie aux huguenots leur complots continuels qu'aux catholiques leur zèle fanatique et leur barbarie ; aux ordres religieux, aux jésuites surtout, leur hypocrisie et leur insatiable avidité.

Il avait accompagné aux grands jours de Poitiers la commission que présidait Achille de Harlay, et son éloquence n'y avait pas été moins admirée qu'au parlement de Paris, lorsqu'il composa ce petit poème dont l'esprit et le titre peuvent sembler de nos jours si singuliers (1). A coup sûr un semblable ouvrage paraîtrait aujourd'hui bien éloigné du caractère d'un grave magistrat ; mais il n'en était pas ainsi à cette époque : le chancelier de l'Hospital, dont on vous a dit l'histoire, et le président de Harlay, faisaient des vers légers

(1) *La Puce*, dédiée à Mme Catherine des Roches.

19

et des épigrammes, Guy du Faur de Pibrac, un des plus éminents jurisconsultes d'alors, publiait des quatrains, et Pasquier, qui regardait l'étude de la poésie comme un utile délassement après ses longs travaux, écrivait, comme une espèce de justification : *Platon et Solon ont écrit livres d'amourettes; avec eux je consens à être mis au rang des fols.*

A son retour, à Paris un nouvel honneur l'attendait; il avait jusque là prêté l'appui de sa parole à l'application des lois; il allait être appelé à prêter son concours à leur rédaction.

Vous le savez, Messieurs, vous qui pour la plupart vous préparez à l'obtention du premier grade que confèrent les facultés de droit, la coutume de Paris, dont on trouve l'origine écrite soit dans les constitutions de St Louis, soit dans les ordonnances des rois ses successeurs (1) n'avait jamais été rédigée d'une manière officielle et sous ce titre de COUTUME avant le règne de Charles VII. La rédaction, commencée sous ce prince, ne fut terminée et observée que vers 1510 ; ce n'était pas d'ailleurs une loi fixée d'une manière invariable, mais seulement une publication par ordre du roi des usages suivis.

Aussi cette rédaction, dans l'espace d'un demi siècle à peine, était-elle devenue presque inutile. Les usages reçus sous Charles VII et sous Louis

(1) Notamment Philippe-le-Bel (1302), *Pro reformatione regni.*

XII avaient été, en effet, vers le milieu du XVIe siècle, abrogés ou modifiés en des points importants et nombreux, soit par l'usage et la jurisprudence des parlements ou des tribunaux, soit par les sentences du parloir aux bourgeois.

Il importait de remanier la coutume pour en faire disparaître ces différences entre la loi suivie, c'est-à-dire l'usage, et la loi écrite, c'est-à-dire la rédaction de 1510.

Pasquier, l'homme consciencieux et éclairé qui peut-être le premier en France avait compris de quel puissant secours la connaissance de l'histoire intime, pour ainsi dire, et des mœurs d'un peuple est pour l'étude et l'application de ses lois, était l'homme qu'il fallait pour un pareil travail. Il en fut chargé avec Versoris, qui, malgré leur rivalité dans le premier procès de l'université contre les Jésuites était resté son ami, Guy, du Faur, Chopin et quelques autres avocats ou magistrats célèbres. Ils accomplirent ce long et important travail sous la direction du fameux Christophe de Thou, auquel avec sa modestie ordinaire, Pasquier en attribue tout le mérite : c'est un des monuments de cette époque, l'âge héroïque de la magistrature française, la plus brillante page de l'histoire du barreau de Paris.

A la considération et à l'estime de tous, à l'admiration et à l'amitié de ses collègues que lui avaient acquis son mérite et sa modestie se joignit après ce travail la faveur royale.

Chargé par le roi Henri III, près du parlement, de différentes missions dont il s'acquitta de manière à se concilier la bienveillance constante de ce maître, si changeant dans ses attachements comme dans ses haines, il fut en 1585 appelé à la charge d'avocat général à la Cour des Comptes.

Cette cour médiatrice entre le peuple et son roi au point de vue financier, comme le parlement le devint plus tard au point de vue des intérêts publics en général, chargée à la fois de l'administration pécuniaire, et de certaines affaires administratives, cumulant les fonctions, qui dans nos gouvernements modernes sont dévolues à plusieurs classes de services publics, cette cour était alors la seconde du royaume.

Tant qu'il conserva ses hautes fonctions près d'elle, Pasquier s'opposa noblement aux déprédations des favoris, aux demandes iniques des princes, qui allèrent jusqu'à le menacer en plein conseil de la colère du roi, et auxquels il répondit en se comparant à un homme qui, repoussé par une femme, dont il est amoureux, ne se peut empêcher de l'aimer et de l'estimer davantage, *« ainsi m'en adviendra, leur dit-il, et quand notre roi sera revenu à son meilleur penser, me regardera de meilleur œil. »*

Nobles et belles paroles, que nous ne saurions trop admirer, nous qui avons vu des hommes si haut placés dans l'estime publique céder à l'attrait de l'argent !

Henry III, prince faible, mais juste, que l'histoire ne fait qu'imparfaitement connaître, l'estima davantage de sa résistance ; il se félicita de l'avoir si bien jugé. Et malgré ses ennemis, il lui conserva cette place d'avocat-général à la cour des Comptes, hommage éclatant rendu moins encore à ses talents qu'à la fermeté de ses opinions, à la droiture de sa conscience, à l'inébranlable fidélité dont il allait être appelé à donner tant de preuves au service de ses princes.

C'est, en effet, trois ans seulement après sa nomination en 1588, que le duc Henri de Guise fut tué à Blois par ordre du roi. Membre des états généraux, Pasquier fut témoin de ce meurtre dont il rend compte dans ses lettres, ainsi que des arrestations qui suivirent. Evénements terribles qui changèrent en guerre civile les troubles de la Ligue, premier coup de foudre de l'orage qui allait fondre sur la France.

Jusque là, en effet, des émeutes avaient eu lieu. Paris, après s'être souillé du sang des seigneurs protestants, avait forcé son roi à fuir au centre de la France ; mais ce n'était, pour ainsi dire, qu'une lutte entre les maisons de Guise et de Valois. On avait attaqué les favoris du roi; on l'avait même entouré de barricades dans son palais du Louvre ; mais nul ne s'était encore ou vertement et hautement armé contre lui. Après ce meurtre, au contraire, meurtre que Pasquier blâma avec énergie, Henri III ne fut plus le roi ; il fut le Valois, il fut Hérode, nom qui nous semble aujourd'hui ridicule, mais qui dans ces temps de fanatisme religieux, était plein pour la populace d'une terrible énergie.

A partir de ce moment, commence pour la France, cette ère terrible des guerres intestines, comme chaque pays peut en compter quelqu'une, souvent même plusieurs dans le cours de son histoire. Ces guerres, qui se sont appelées chez les Grecs, la guerre sacrée ou celle du Péloponèse ; chez les Romains la guerre servile ou sociale, la conjuration de Catilina; au moyen-âge, les jacqueries ; en Angleterre, la guerre des deux roses ; en France, la Ligue ; ont toujours épuisé les pays où elles se sont produites, et les ont presque toujours livrés sans défense à la domination étrangère. Jamais elles n'ont été plus terribles que quand les principaux chefs ont pu cacher sous le manteau de la religion, les mobiles coupables toujours, honteux quelquefois, qui les faisaient agir. Aussi les guerres de la ligue doivent-elles faire saigner encore aujourd'hui nos cœurs, si nous songeons que nos pères en étaient les victimes. Pendant cette période de notre histoire, nous voyons les différentes classes de la nation courir aux armes, le noble pour devenir indépendant, ou étendre ses possessions; le bour-

geois pour accroître ses prérogatives, l'homme
du peuple pour en acquérir ou renverser tous ceux
qu'il regarde comme ses tyrans; et tous, mettant
au service d'un sentiment religieux qui presque
toujours, ne fut pour les chefs du moins qu'un
prétexte, leur courage ou leur fortune, marcher
aveuglément et sans relâche à leur but, ne reculer devant rien pour l'atteindre même devant les
plus horribles crimes (1).

Les tristes suites d'une conduite si folle et si
coupable ne se firent pas attendre. Plus épuisée
en quelques années qu'elle n'eût pu l'être par un
siècle de guerres étrangères, démembrée par les
gouverneurs de province qui voulaient se faire
autant de royaumes ou de principautés indépen-
dantes, ouvertes d'une part aux Anglais, de l'autre aux Espagnols, la France fut bientôt sur le
point de devenir un assemblage de petits états
sans lien, et de provinces étrangères.

Si ce malheur n'arriva pas, si la France resta
grande entre les nations, nous le devons plus
encore à la courageuse résistance du parti des politiques qu'à l'héroïsme de la noblesse française,
aux railleries des spirituels auteurs de la satyre
Ménippée, surtout au noble désintéressement
des magistrats qui abandonnèrent tout, fortune,
famille, foyer domestique pour se rallier, sous la
bannière royale qui était encore celle de la
France ; qu'aux victoires d'Ivry, d'Arques et de

(1) *Esprit de la ligue*. Anquetil, Paris, 1767.

Fontaine Française, ou aux fameuses campagnes contre le duc de Parme.

Un des premiers parmi ces hommes qui s'exposèrent intrépidement à la haine aveugle et sanguinaire de la populace pour obéir à leur conscience, et dont l'obscur dévouement fit autant pour le salut de la patrie que l'épée des Biron ou des Sully, fut Etienne Pasquier.

Il resta fidèle à Henri III jusqu'à sa mort, et après cet événement il se regarda comme le sujet de son successeur par le sang, Henry de Navarre, dont il suivit la fortune. Tant que dura la guerre, il le fit, suivant son expression, régner dans la justice, soit qu'il siégeât à Tours avec ses collègues, soit qu'il l'accompagnât dans les camps pour veiller au conseil, sur les intérêts du pays.

Il avait reconnu l'un des premiers dans son nouveau maître les brillantes vertus qui devaient immortaliser parmi nous le bon roi Henri IV; et s'était attaché à lui par affection, comme il l'avait d'abord fait par devoir; mais le respectueux et profond attachement qu'il éprouvait pour sa personne ne l'empêchèrent pas d'accomplir ce qui lui paraissait un devoir, au risque de lui déplaire. Il agit sous ce prince comme il l'avait fait sous le règne de Henri III, non pas en courtisan du maître, mais en ami et sujet fidèle et respectueux du roi. Paris n'était pas encore soumis; on voulut créer une cour des comptes en Guyenne; comme avocat général, il s'y opposa fortement. Il objecta que : donner au gouverneur de Guyenne en ces temps où tous les gouverneurs voulaient être indépendants une cour des comptes, serait le rendre bien puissant, en faire pour ainsi dire, un petit roi ; cet avis fut suivi. c'était aussi celui du chancelier de l'Hospital. Il ne se borna pas à cet acte de résistance ; il alla plus loin, il crut devoir prendre sur lui de faire au roi des observations sur ses prodigalités. Cette conduite pouvait lui attirer la colère d'un prince moins habile à juger les hommes que ne l'était Henri ; elle ne fit qu'augmenter l'estime qu'il avait conçue pour son illustre serviteur.

Vous savez, Messieurs, quel événement rétablit en France la tranquillité et la paix. Aussi moderé dans la victoire qu'il avait été ferme dans l'adversité, Henri IV consentit enfin à la prière de ses principaux sujets catholiques, dont Pasquier faisait partie, à abjurer la religion protestante. Cette abjuration eut pour résultat d'ouvrir à l'armée royale les portes de Paris et d'en chasser les Espagnols. Pasquier y rentra à la suite du roi ; il revit avec bonheur le palais, théâtre de ses premiers triomphes ; et cette modeste maison assise sur les bords de la Seine, qu'il avait acquise de son travail, heureux port où sa barque abordait, disait-il, après cinq ans d'orage.

La guerre civile était finie ; mais que de traces terribles elle laissait en France, que de tombes elle avait creusées, que de plaies encore saignantes elle avait ouvertes ! que de malheurs surtout elle avait fait fondre sur la tête de Pasquier ! Quand il avait quitté Paris, il était riche, il avait près de lui une épouse aimante et aimée, une famille nombreuse, un fils, aîné surtout officier d'une brillante valeur et de magnifiques espérances. Pendant la guerre, sa fortune avait été confisquée par les ligueurs; sa femme était morte dans ses bras, son fils avait été tué, ses autres enfants étaient dispersés ou proscrits. Il avait supporté ces malheurs avec la résignation d'un chrétien, les acceptant comme une tribulation que lui envoyait Dieu pour l'éprouver. A son retour quel dédommagement demanda-t-il au roi pour tant de malheurs encourus à son service? Il sut étouffer dans son cœur de justes ressentiments et se contenta d'être conservé dans sa place d'avocat général.

Victime pendant de longues années, de la haine des factieux, il ne demanda pour lui, quand son parti eut triomphé, que ce qu'il conseilla par politique de leur donner à eux-mêmes. En effet, voyant dans l'oubli du passé la paix et le bonheur de la France, il conseilla au roi de couvrir d'une même bienveillance les sujets restés fidèles et les rebelles qui s'étaient soumis, les vainqueurs et les vaincus. Avis bien conforme au génie bienveillant et conciliateur de Henri IV, et qui doit nous frapper d'admiration et pour le roi qui fut assez généreux pour le suivre, et pour le conseiller, qui fut assez grand pour le donner.

Arrivé à un âge avancé, Pasquier allait voir se renouveler les luttes de sa jeunesse. L'université avait, après la pacification de la France, recommencé sa lutte contre les jésuites ; elle l'appela de nouveau à la défendre, et il n'hésita pas à descendre dans l'arène. Le talent qu'il y montra ne fut pas moindre que lors du premier procès, et il obtint un plus heureux succès. Les jésuites n'avaient plus l'appui de ces hautes protections qui une première fois avaient fait échouer ses efforts. Habiles dans l'intrigue, ils devaient succomber après le rétablissement des lois. Le parlement rendit contre eux, sur les plaidoiries de Pasquier et d'Antoine Arnaut, le fameux arrêt de bannissement de 1594.

Après ce dernier triomphe, la vie de Pasquier fut tout entière consacrée à l'intérêt public. Ses longs succès, son mérite, le talent même qu'il venait de déployer lui avaient fait des envieux et l'avaient exposé à bien des haines. En butte à d'odieuses calomnies, il ne les repoussa que par une vie sans tache, et il eut ce bonheur non seulement de voir l'opinion publique ordinairement juste se déclarer partout pour lui, mais encore de recevoir de quelques-uns, même de ses plus acharnés adversaires, des preuves de la plus haute estime. Le général de l'ordre des jésuites enrichit de notes d'honneur ès-marge une édition de ses œuvres. Un simple membre lui dédia ses ouvrages.

Un autre encore alla plus loin; il le loua hautement dans un sermon public, et cela en termes tellement flatteurs que Pasquier dans sa modestie, lui écrivit, que c'était faire de lui une *célébration trop hardie.*

Malgré les légitimes honneurs qu'on se plaisait à lui décerner, malgré sa récente victoire, son grand âge et les chagrins qu'il avait eus à supporter lui faisaient désirer le repos. On lui avait heureusement rendu la plus grande partie de sa fortune. Il se démit de sa charge en 1604, en faveur d'un des fils qui lui restaient.

Libre désormais des affaires publiques, il se livra davantage à ses travaux littéraires. Il compléta ses recherches ; il revit ses poésies, dont je vous ai à peine parlé, parce que je n'ai voulu vous montrer en lui que le jurisconsulte, mais qui, presque oubliées de nos jours, obtinrent lorsqu'elles parurent, un succès inouï ; il lut et médita les essais de son ami Michel de Montaigne. Il se livra enfin à l'éducation de ses petits-enfants pour lesquels il fit cette traduction et ce commentaire des Instituts de Justinien rapprochés des coutumes alors suivies, qui était pour cette époque un cours complet de droit, et qu'on regarde encore aujourd'hui comme un des ouvrages les plus curieux et les plus savants que nous ayons.

C'est d'ailleurs un livre unique, qui révèle dans son auteur une instruction profonde. Pasquier appartenait à cette classe de jurisconsultes qui, voyant un grand avenir dans le droit coutumier, tentèrent d'en concilier les principes avec ceux du droit romain. Son ouvrage est le monument le plus remarquable de cette école. Pour lui, ce « *en quoi gisait et consistait le droit dont nous usions* « *en la France,* » ce n'était ni les constitutions des empereurs ni les réponses des prudents, ni l'édit du préteur, mais bien les coutumes suivies dans les différentes provinces, les ordonnances des rois et la jurisprudence des différentes cours de justice. Aussi, dans son livre ne place-t-il le droit romain qu'en dernier lieu, et n'adopte-t-il ses principes que comme raison écrite, et lorsqu'ils ne sont pas contraires aux usages établis. On doit donc, d'après cela, le placer comme jurisconsulte plutôt dans l'école coutumière de Beaumanoir et de Jean Faber, que dans celle de Cujas et d'Alciat, qui pourtant avaient été ses maîtres.

C'est au milieu de ces travaux, entouré de sa famille, s'efforçant d'employer à des études utiles pour les autres hommes le temps qu'il ne consacrait plus à la connaissance de leurs différents, ou à la recherche de leurs intérêts que Pasquier passa les quinze dernières années de sa vie. Sa vieillesse fut aussi glorieuse que l'avait été son âge mûr; elle fut plus heureuse et plus utile pour nous. Sa mort, qui arriva le 30 août 1615, fut, comme celle de Socrate auquel ses contemporains l'ont souvent comparé, la digne fin d'une vie noble et vertueuse, le passage d'une belle âme dans un monde meilleur. Elle fut accompagnée des regrets de tous les grands hommes de son siècle. Ronsard, Mathieu Molé, de Harlay, Malherbe, Michel de Montaigne, Dumoulin, les Etiennes furent ses amis et ses admirateurs; et c'est au milieu de ces noms illustres que le sien s'offre à la reconnaissance, au respect et à l'admiration de la postérité.

—

J'ai terminé, messieurs, je n'ajouterai rien à cette simple biographie, et je dois m'estimer heureux si la grandeur du modèle dont ma main vient de vous esquisser les principaux traits, vous peut faire excuser les imperfections du portrait.

Heureux si j'ai pu faire passer dans vos cœurs une partie du profond respect, de l'admiration enthousiaste que m'inspirent le grand esprit et les immortels ouvrages d'Etienne Pasquier.

Heureux surtout, si j'ai pu vous inspirer le désir de lire encore une fois ces livres que vous connaissez sans doute, et d'où découlent comme d'une source féconde, la science et les vertus de leur auteur.

Paris. — Impr. de MOQUET, rue de la Harpe, 92.